www.loqueleo.com/es

2019, Santillana Infantil y Juvenil, S. L.
Avenida de los Artesanos, 6. 28760 Tres Cantos (Madrid)
Teléfono: 91 744 90 60

ISBN: 978-84-9122-196-8
Depósito legal: M-43.366-2016
Printed in Spain - Impreso en España

Tercera edición: febrero de 2019

Directora de la colección:
Maite Malagón
Editora ejecutiva:
Yolanda Caja
Dirección de arte:
José Crespo y Rosa Marín
Proyecto gráfico:
Marisol del Burgo, Rubén Chumillas, Julia Ortega y Álvaro Recuenco

Bichos raros

Rafael Ordóñez

Ilustraciones de María Prieto

loqueleo

Para mi amigo Fran,
una de las mejores personas que he conocido.
In memoriam.

Escena primera

(Se abre el telón).

(Almacén de un bar o local de ensayo. Se ven unas cuantas cajas de bebidas con sus rótulos de colorines: POKA KOLA, KANTA LIMÓN, KANTA NARANJA, NESTITI, CHUES… No hay ninguna ventana y en las paredes también hay estanterías con botellas, frascos, cajas de un montón de cosas, sobre todo de patatas fritas con sabor

a paella. También podemos ver una batería, altavoces, micrófonos y cables. A la derecha, una puerta comunica con el bar del tío de Fran, el dueño del almacén. La puerta de la izquierda da directamente a la calle).
(Se abre la puerta derecha y entra Fran).

FRAN.— *(Entrecerrando la puerta).* ¡Que sí, tío, que no te preocupes! Luego lo recogemos todo.

(Termina de cerrar la puerta y suspira. Se quita la mochila y se pone a canturrear ensimismado a ritmo de rap).

FRAN.—*Me gustaría, me gustaría...*
Un beso caliente y una bebida fría.

No, no me convence.

Me gustaría, me gustaría...
Un beso calentito aunque sea de tu tía.

Pokakola
Pokakola
Kanta
Chues

No, no. Eso menos, vaya ripio. A ver. *(Da unos pasos de baile y un giro sobre sí mismo).*

Me gustaría, gustaría, gustaría un montón...
Un besito tuyo y un bocata de jamón.

(Se para y se queda pensando). Mucho mejor, ya lo creo.

(Fran se quita la cazadora y se sienta a la batería ajustando los platillos, regulando la banqueta y estirando los brazos y el cuello. Suena el móvil y lo saca del bolsillo, mientras lee el mensaje escucha golpes en la puerta izquierda. Se levanta y abre, es Yoni).

YONI.— *(Entrando).* Me podías dejar unas llaves, he llamado cuatro veces.

FRAN.— ¡Hola, qué tal! Yo también te saludo, jau. *(Hace el gesto indio).* Por cierto, ya era hora, no vamos a tener tiempo para nada.

YONI.— *(Malhumorado).* Hola.

FRAN.— ¡Ah! Y podrías entrar por el bar, esa puerta está abierta. ¡Ah, claro! Como le debes diez euros a mi tío...

YONI.— Bueno, da lo mismo, si vengo y no hay nadie, me voy. Así es que da igual.

FRAN.— Entonces estupendo, fenomenal.

YONI.— Pues empiezas pronto con tus rimas.

FRAN.— ¿Lo preguntas o lo afimas?

YONI.— ¿Afimas? ¿Qué es eso de afimas?

FRAN.— No lo sé, pero así rima. *(Suena un pitido. Se encoge de hombros y levanta el móvil).* Pablo, que llegará tarde.

YONI.— Si llega.

FRAN.— Claro que llega. Seguro que ha tenido movida con sus padres.

YONI.— Bueno, bueno, pero es que lleva una racha...

FRAN.— Son sus padres los que llevan una racha que no veas. ¿Y a ti qué te pasa? ¿También mal rollo con los tuyos?

YONI.— Algo así, pero prefiero no hablar de ello.

FRAN.— Como quieras. *(Y para dar por terminada la conversación sobre los padres golpea varias veces los platillos).*

YONI.— *(Mira a Fran y sonríe. Espera a que termine y aplaude).* Vas progresando, Beethoven. Bueno, escucha, escucha, se me ha ocurrido una melodía para un solo de guitarra. *(Hace el gesto de tocar con las manos y tararea el ritmillo).*

FRAN.— ¿Y no sería mejor que lo hicieras con la guitarra?

YONI.— Pues claro. *(Yoni se quita la cazadora, saca la guitarra de la funda y se la ajusta, luego hace como que toca, pero vuelve a tararear con la boca el mismo ritmillo).*

FRAN.— Muy bueno, y si lo haces con la guitarra seguro que no suena a chatarra. ¿Has pensado en alguna letra?

YONI.— ¿Letra? Eso ya saldrá. Siempre sale, y si no, la haces tú.

FRAN.— Siempre sale, siempre sale, sale o no sale, yo lo dudo, pero vale.

Yoni.— Ya está el rimitas.

Fran.— Eso es. Rimitas. Rimitas fritas con palomitas. ¿A quién imitas?

(Se oyen unos golpes en la puerta de la izquierda).

Yoni.— Anda, abre, melón. *(Y puntea en su guitarra el ritmillo de antes).*

Fran.— Volando como un avión. *(Se levanta y abre la puerta).* Bueno, el rapero sin reloj.

(Entran Ele y Soul. Ele y Fran se saludan con cuatro giros de manos como los raperos estadounidenses. Ele y Yoni se saludan también, pero más fríamente).

Ele.— Os presento a Soul.

Soul.— *(Con un gesto algo cortado).* ¡Hola! La culpa del retraso ha sido mía. Perdón.

Yoni.— *(Estirándose como un pavo).* Hola, guapa, yo soy Yoni, el guitarra solista. *(Le da dos besos).*

FRAN.— El único guitarra, y como ves, un poquito macarra.

YONI.— Esa gracia ya es muy vieja.

FRAN.— Tienes razón, soy un melón. *(A Soul).* Yo soy Fran, el batería. *(Y mira sonriente a Yoni).* Batería solista. *(Y le da dos besos).*

ELE.— Tú lo que eres es un listo. *(Y empuja a Fran).* Vamos a enseñar a Soul lo que sabemos hacer. *(Se coloca delante del teclado y ajusta unos cuantos controles).*

FRAN.— Si lo enciendes, funciona mucho mejor, señor compositor.

ELE.— *(Riéndose).* Gracias, colega. *(Enciende el teclado y toca unas notas de prueba).*

FRAN.— ¿Vamos con la del mosquetero?

ELE.— Vamos.

YONI.— Venga.

FRAN.— *(Entrechoca las baquetas).* Uno, dos, un, dos, tres, cuatro…

(Batería, teclado y guitarra se acompasan en un ritmillo alegre, sencillo, pero pegadizo. Soul sonríe y sigue el compás con su pie derecho. Se va animando y hace pitos y palmas, empieza a mover las caderas y los hombros. Fran termina con un pequeño solo de batería y Soul aplaude entusiasmada. Los tres chicos se miran y sonríen).

SOUL.— *(Sigue aplaudiendo).* Muy bueno, muy bueno.

YONI.— ¿Te gusta?

ELE.— Hombre, tú, si dice que muy bueno, es que le gusta.

FRAN.— Por lo menos no se asusta.

SOUL.— Sí, sí, me gusta mucho. ¿No tiene letra?

YONI.— El rimitas está en ello. A ver cuándo nos sorprende y la trae.

FRAN.— Bueno, la verdad es que...

ELE.— Solo sabemos que hay un mosquetero.

SOUL.— ¿Un mosquetero?

FRAN.— Bueno, eso del mosquetero es por Pablo, el bajo. No ha podido venir todavía, igual llega tarde, me ha mandado un mensaje. Sus padres están de movida otra vez. En cuanto a la letra...

ELE.— Pero ¿no se habían separado ya?

FRAN.— Pues no, al final no llegaron a un acuerdo y andan de líos con jueces y abogados y todo ese rollo. La letra del mosquetero...

SOUL.— ¡Pobrecillo! Mis padres están separados y, llevándose bien, es un mogollón que no veas.

YONI.— *(Adelantándose dos pasos e hinchando el pecho).* ¿Entonces te ha gustado mi guitarra?

SOUL.— Me ha gustado todo. ¿Tenéis más canciones?

YONI.— Yo he traído hoy una melodía. ¿A ver qué te parece? *(Yoni puntea de nuevo sus notas con una expresión de profesional algo fingida. Con el último acorde levanta la guitarra).* ¿Qué tal? ¿Te gusta, Soul?

SOUL.— Sí, está bien.

ELE.— ¿Y a nosotros no nos preguntas?

YONI.— Fran ya la ha oído y le mola.

ELE.— ¿Y yo no soy del grupo?

YONI.— *(Mira fijamente a Ele y tras unos segundos de pausa).* Bueno, sí. ¿Te gusta? *(Inmediatamente se dirige de nuevo a Soul).* ¿No crees que el último punteo podía ser algo más largo?

SOUL.— Pues... No sé, a lo mejor.

FRAN.— *(Haciendo un redoble para llamar la atención de todos).* A lo mejor sí, a lo mejor no. Hagan sus apuestas, por tres se pagan dos.

ELE.— *(A Soul).* ¿Te gusta el grupo?

(Soul mira a Fran, luego a Yoni y por fin a Ele. Sonríe con picardía).

Soul.— La verdad es que sois muy diferentes.

Fran.— Pero todos buena gente.

Soul.— Un heavy, un modernillo y un...

Fran.— Un batería de lujo. Y cuando veas a Pablo vas a flipar. Mide más su cresta que su cabeza.

Soul.— ¿Es punki?

Fran.— ¿Punki? Pues no sé qué decirte, aunque creo que ni él mismo lo sabe. ¿Y Yoni es heavy? ¿Y Ele es modernillo? Todos somos una mezcla de todo.

Yoni.— Pablo es un...

Fran.— Un fenómeno. *(Corta tajante)*. Y es mi amigo.

Yoni.— Bueno, bueno, yo también soy tu amigo. Solo iba a decir que es un pesado que siempre llega tarde.

Fran.— Llega tarde cuando llega tarde.

Yoni.— Vale, tío, no te rayes.

Ele.— Bueno, Soul, ¿qué te parece tu nuevo grupo?

Yoni.— ¿Tu nuevo grupo?

Ele.— Claro, Soul es la vocalista que estábamos buscando.

Yoni.— Eso habrá que votarlo.

Fran.— Claro que sí, todo con democracia, que tiene más gracia.

Ele.— Eso, democracia roquera.

Fran.— *(Con un repiqueteo de platillos).* Eso es, democracia roquera, democracia punki, democracia rapera. Votemos para Elegir a la nueva vocalista, que la democracia nos dé una pista.

Soul.— *(Tarareando en tono de blues).*

Que la democracia
nos dé una pistaaa...
Yo quiero ser
la nueva vocalistaaa...

Fran.— *(Otro golpe de platillos).* A favor. *(Levanta las dos manos).*

ELE.— A favor.

YONI.— *(Mirando a Soul).* A favor. *(Bajito).* Pero había que votar.

SOUL.— Gracias, chicos. *(Y se acerca a Fran y le abraza, luego hace lo mismo con Yoni y, por fin, con Ele).*

ELE.— Ya te había dicho que eran buena gente. *(Mira a Yoni y sonríe).* Incluso el roquero.

YONI.— Pues claro que somos buena gente. *(También sonríe).* Incluso el rapero.

SOUL.— Bueno, soy la nueva vocalista de... ¿Cómo se llama el grupo?

(Yoni mira a Ele, Ele mira a Fran y Fran se encoge de hombros).

FRAN.— Buen momento para elegir un nombre. Venga, propuestas.

(Todos siguen en silencio).

YONI.— ¿Y de dónde viene eso de Soul?

SOUL.— Es muy fácil. Me llamo Alma y «alma» en inglés es Soul.

FRAN.— Pero si Alma es un nombre muy bonito, ¿por qué en inglés?

YONI.— *(Cabeceando con suficiencia).* Yo te entiendo. Por algo me llamo Yoni.

ELE.— Sí, pero con i griega al principio y con i latina al final.

FRAN.— Es que su padre lo hizo mal.

ELE.— *(Dirigiéndose a Soul, con una sonrisilla).* Es que cuando fue a inscribirlo en el registro no sabía cómo se escribía en inglés y así lo dejó.

YONI.— Pues a mí me gusta. ¿Qué pasa? ¿Es que es mejor eso de Ele? Ele de «Elemento».

ELE.— Ele de Lucas, así de simple.

YONI.— Efectivamente, así de simple, en plan rapero.

FRAN.— *(Viendo que de nuevo vuelve el mal rollo).* Y yo me llamo Fran con F de Fabada, aunque puedes llamarme Francisco, Curro, Paco, Francis, o incluso Melón o Cabeza de

Melón, o Cabeza de Chorlito... ¿Que quién sabe lo que es un chorlito? Me han dicho que es un pájaro pequeño que...

ELE.— Que tiene la boca tan grande como tú, bocas, que eres un bocas.

YONI.— Es verdad. *(Sonriendo a Ele y luego mirando a Fran).* Eres un bocas.

FRAN.— *(Mira a Soul y guiña un ojo).* Pues sí, soy el bocas, asunto arreglado. Y ahora debería terminar esto con una buena rima, pero no se me ocurre nada. Pasapalabra.

SOUL.— *(Riéndose).* Eso, Abracadabra. Entonces... ¿El nombre del grupo?

YONI.— Tendrá que ser algo roquero.

ELE.— O algo rapero.

FRAN.— Roquero, rapero... ¿Y por qué no algo sincero? ¿O fontanero? ¿O lapicero?

SOUL.— *(A Fran).* Tú eres un vacilón.

FRAN.— Tienes razón, chavalita, un vacilón y un sibarita.

ELE.— Seguro que no sabe lo que es eso, pero como rima.

Fran.— Sibarita, de Sibaris, ciudad de Italia famosa por su lujo y refinamiento. Sibarita, que le gusta lo bueno. Ese es un buen nombre: Los Sibaritas.

Ele.— ¿Los Sibaritas? ¿Tú lo flipas? Pero ¿cómo nos vamos a llamar Los Sibaritas?

Fran.— ¿No te gusta?

Yoni.— A mí tampoco. Quedaría mucho mejor Dragón Rojo o EsquEleto Sangrante o...

Ele.— O Aliento de Satanás, a ti se te va la olla. A mí me gusta Uno, Dos, Hip, Hop. ¿Tú qué dices, Soul?

Soul.— *(Apurada).* Bueno... No sé si soy la más indicada para opinar. Acabo de llegar y...

Fran.— Dilo, no te cortes, ya eres un miembro más del grupo. Dilo, las ideas de estos dos te parecen una chorrada.

Soul.— Bueno, no. No me convencen mucho, pero una chorrada, tampoco. Y lo de sibaritas menos.

Fran.— Pues claro que son chorradas. Se me ocurre un nombre muy bueno. *(Fran sonríe y todos le miran expectantes. Pasan varios segundos).*

ELE.— ¿Y tardarás mucho en decirlo?

YONI.— Venga, tío, habla.

FRAN.— Eso es, así me gusta, la educación sobre todo.

SOUL.— Yo creo que no se te ha ocurrido nada y estás intentando ganar tiempo. ¿Me equivoco?

FRAN.— *(A Ele y Yoni, aunque sonriendo a Soul).* Cuidado con esta chica, es demasiado lista para nosotros. Efectivamente, esa preciosa boca dice la verdad, no se equivoca.

SOUL.— ¿Y has ganado mucho?

FRAN.— *(Despistado).* ¿Mucho?

SOUL.— Tiempo.

FRAN.— ¡Ah! Bueno, apenas dos minutos, pero no se me ha ocurrido nada. Espera, ahora sí: Dragón Rapero.

YONI.— Estás como una cabra.

ELE.— Por una vez estoy de acuerdo contigo. Zumbado del todo.

FRAN.— *(Sonriendo a Soul).* Bueno, por lo menos he conseguido que estos dos coincidan en algo. Ya daremos con el nombre más adelante. Y si conseguimos ensayar todos juntos un poco sería colosal, genial, fenomenal…

YONI.— Y tal y tal. Pero tienes razón, vamos a darle un poco a la cuerda.

ELE.— Y a la tecla.

FRAN.— Y al bombo… *(A Soul).* Bombón, ¿y tú? ¿Nos regalarás tu voz?

SOUL.— Estaría muy bien. Pero sin letra no sé qué cantar.

FRAN.— *(Sacando unas hojas de su cazadora).* Toma, la letra. Mírame y te doy la entrada.

YONI.— ¿La has terminado?

ELE.— ¿Por qué no lo has dicho?

FRAN.— Habrá que darle algún toque o incluso algún retoque, pero ya está, a menos que me equivoque. Y no lo he dicho antes porque no me habéis dejado, pero intentarlo lo he intentado.

(Suena el móvil de Fran).

ELE.— Pero ¿no quedamos en apagar los móviles en los ensayos?

FRAN.— *(Mirando su móvil).* Es Pablo, que no sabe si podrá venir. La bronca es fina, fina, filipina.

ELE.— Vaya..., pero, bueno, déjanos ver la letra.

YONI.— Sí, venga.

SOUL.— ¿Qué os parece si la leo en voz alta?

FRAN.— Será un honor, mis palabras en tu voz.

SOUL.— *(Sonríe).* Gracias. Atentos. Título provisional: «Mosquetero cuatro punto cero».

FRAN.— Bueno, eso era antes, Ahora, contigo será «Cinco punto cero».

SOUL.— *(Inclina la cabeza y sus ojos se humedecen en señal de agradecimiento).* Vamos allá:

Solo por la noche, solo por el día,
solo en el verano o en la noche fría.
Si te crees raro,
si eres diferente,
pareces un pavo,
aunque inteligente.

Todos somos pavos,
de una u otra forma.
Todos somos raros,
esto está muy claro,
esto es una norma.

Pelos de colores, dos o tres tatuajes...
¿Es que es más bonito vestirse con traje?
Pero entre los pavos todos nos queremos
pues ninguno es más, ni tampoco menos.
Piensa en Alejandro, Alejandro Dumas,
porque nunca resta, este siempre suma.
Todos para uno, uno para todos,
aunque te lo creas, tú nunca estás solo.

Todos somos pavos,
de una u otra forma.
Todos somos raros,
esto está muy claro,
esto es una norma.

FRAN.— ¿Qué? ¿Qué os parece?

(Yoni y Ele no dicen nada. Soul los mira esperando sus reacciones).

SOUL.— A mí sí me gusta, eso de los pavos está genial. Quizá sí...

FRAN.— Ya, ya lo sé. Hay que reordenar los párrafos, eliminar algunos, buscar un estribillo potente...

SOUL.— *(Aliviada).* Claro, claro. Yo creía que era la versión definitiva.

FRAN.— No, pero como estos dos me meten prisas...

YONI.— Sí, tío, porque las versiones que hacemos de los otros grupos están bien, pero tenemos que empezar a crear.

ELE.— Claro, y tenemos que ir preparando los arreglos. ¿Se la has mandado a Pablo?

FRAN.— Esta mañana, pero, bueno, ¿qué os parece?

ELE.— *(Se acerca a Soul, coge la hoja y la relee).* No está del todo mal.

FRAN.— Eso es que te gusta.

ELE.— Yo no he dicho eso.

YONI.— *(Para contrariarle).* Pues yo sí, está bastante bien.

FRAN.— Claro que sí, bastante bien. ¿Qué nota pones de cero a cien?

SOUL.— Sí, yo creo que con algún arreglillo puede quedar muy chula.

ELE.— Soul, el diplomático del grupo es Fran.

SOUL.— No, de verdad. Aunque eso de «Solo por la noche» y «en la noche fría» en el siguiente verso queda un poco repetido, ¿no?

YONI.— Toma ya, la crítica.

FRAN.— Vale, vale, ya lo miraré. Por cierto, Soul, ¿sabes inglés?

SOUL.— Sí, he estado dos años en Londres.

YONI.— ¡Cómo mola! ¿Y qué tal por allí?

SOUL.— Muy bien, hay un ambientazo total.

FRAN.— *(Rebuscando en su mochila).* «Total», me gusta. Toma, estos son los temas que te tienes que aprender.

SOUL.— ¡Vaya! U2, REM, Coldplay, Red Hot Chili Peppers... Un poco de todo.

Ele.— Así somos, un poco de todo.

(Suena el móvil de Fran).

Fran.— *(Mirando el móvil).* Pablo, que ya no viene.

Ele.— *(Consultando el reloj).* La verdad es que para lo que nos queda.

Fran.— Si llegarais puntuales…

Yoni.— Entonces me voy, que tengo algo de prisa.

Fran.— Vale, lo dejamos. Pero el martes, a las siete, traemos cada uno un nombre de grupo en serio. Y la letra de la canción corregida. Si es que es posible mejorarla, claro. Yo me encargo de contarle todo a Pablo.

Yoni.— Venga, vale. *(Mete la guitarra en su funda, se pone la cazadora y se despide).* Hasta la próxima, tíos. *(Soul sonríe y se dirige a él).* Y tía. *(Le da dos besos).*

Fran.— Adiós, colega.

Ele.— Venga, nos vemos.

(Yoni sale por la puerta de la izquierda mientras los demás terminan de recoger).

FRAN.— ¿Nos tomamos algo? Venga, Soul, que te presento a mi tío. Es el dueño de este local y del bar de al lado. Seguro que nos invita.

(Los tres salen por la puerta de la derecha).

(Telón).

Escena segunda

(Se abre el telón).

(Calle, escaparate de una tienda de instrumentos musicales, un gran rótulo lo indica: PANDERETA'S. Yoni surge de la derecha con el bajo de Pablo en una mano y su guitarra colgada al hombro. Se encuentra con Ele, que viene en dirección contraria).

ELE.— *(Sorprendido).* ¿Qué pasa, tío?

YONI.— *(Sorprendido).* ¡Eh! ¿Qué hay?

ELE.— ¿Qué haces por aquí?

YONI.— Fran me dio un toque para que recogiera el bajo de Pablo antes del ensayo. *(Y lo levanta como si Ele no lo hubiera visto ya).* Es que él no podía. ¿Y tú?

Panderetas
ABIERTO

ELE.— Este Fran está tonto tonto. A mí también me ha dicho que venga a por el bajo de Pablo. ¿Ya está arreglado?

YONI.— Me han dicho que sí. Y que son setenta euros.

ELE.— Bueno, ya lo pagará Pablo, o Fran.

YONI.— Con lo que saquemos del primer concierto nos compramos instrumentos nuevos.

ELE.— Sí, porque esa guitarra...

YONI.— Pues anda que tu teclado...

ELE.— *(Levanta una mano como pidiendo un poco de silencio).* ¿Por qué te picas siempre?

YONI.— *(Abre la boca inmediatamente, pero se contiene, medita un instante).* ¿Por qué nos picamos siempre?

ELE.— Tienes razón, somos los dos. Y también tienes razón en eso que dices de los instrumentos.

YONI.— Pero, bueno, el grupo va tirando, cada vez suena mejor. Si Pablo ensayara un poco...

ELE.— Y ahora que tenemos cantante nueva.

YONI.— Eso, esta chavala tiene... *(Duda un momento. Ele espera impaciente a que termine la frase).* Tiene una voz estupenda.

ELE.— Sí, sí. Una voz. Y unos ojos. Y unas piernas... Que ya te vi cómo la mirabas.

YONI.— Ya estás con chorradas. Me parece una buena cantante y se acabó. Como empecemos con historias la vamos a tener. Además, a ti también te mola.

ELE.— Bueno, bueno, es maja.

YONI.— *(Con retintín).* Vero también era muy maja.

ELE.— Tienes razón, vamos a dejarlo que al final nos liamos. ¿Has probado el bajo?

YONI.— Pues no, no me ha dado tiempo. Pero supongo que estará bien. Ya llegamos tarde al ensayo.

ELE.— Será mejor llegar un poco tarde pero con el bajo en condiciones a que esté mal. Sácalo y lo comprobamos.

YONI.— ¿Aquí? ¿Sin enchufar?

ELE.— Claro. Mejor eso que nada.

Yoni.— Bueno, pero sin ampli casi no suena.

(Yoni saca el bajo y deja la funda en el suelo. Ele se lo cuelga y empieza a tocar alguna nota. Yoni sigue el ritmo con el pie y con las palmas).

Ele y Yoni.—

Todos somos pavos,
de una u otra forma.
Todos somos raros,
esto está muy claro,
esto es una norma.

(Yoni se anima y termina con un punteo imaginario, pero muy entregado).

(Telón).

Escena tercera

(Se abre el telón).

(Trastienda del bar. Local de ensayo).

(Se abre la puerta derecha y entra Fran).

FRAN.— Que sí, tío, que no te preocupes, luego lo recogemos todo. *(Y cierra la puerta. Se quita la mochila, después la cazadora y canturrea ensimismado a ritmo de rap).*

Me gusta tu boca,
me gustan tus ojos,
pero con el agua
se te han puesto rojos.
Si vas a nadar
ponte unas gafas,
ahora son muy buenas,
ahora son muy majas.

¿Majas? ¿Unas gafas majas? No suena mal, pero es una chorrada considerable. Y la rima de ojos con rojos ni te cuento.

(Suenan tres golpes tímidos en la puerta de la izquierda. Fran abre y entra Soul).

SOUL.— ¡Hola! ¿Qué tal? *(Y le da dos besos).*

FRAN.— Hola, Soul. *(Se queda pensando).* Soul, Soul... La verdad es que no he encontrado nada que rime con Soul, con tu nombre. Soul. Con Alma sí... Calma, palma, Sergio...

SOUL.— ¿Sergio?

FRAN.— Claro. Sergio Dalma. *(Y se ríe).*

SOUL.— No lo pillo.

FRAN.— *(Algo avergonzado).* Es una chorrada. Sergio Dalma es un cantante.

SOUL.— *(Se encoge de hombros sin entenderlo del todo).* ¡Ah! Bueno. ¿No ha venido nadie más?

FRAN.— Ahora llegarán. Les he mandado a los dos a recoger el bajo de Pablo. Quería hablar contigo a solas.

SOUL.— *(Preocupada)*. ¿Pasa algo?

FRAN.— No, no. Bueno, lo de Pablo, que no termina de arreglarse. Sus padres no dejan de liarla, cuando no es uno es otro.

SOUL.— ¡Pobrecillo! ¿Y Pablo tiene hermanos?

FRAN.— No, por eso sus padres lo usan para sus intereses. Cuando quieren es su hijo del alma, es decir, su hijo de Soul, je, je... Perdona. Pero, bueno, si no les interesa, es el hijo del otro. Es decir, que la madre dice que es hijo del padre y...

SOUL.— Ya te entiendo.

FRAN.— Su madre es canadiense y toda su familia está allí. Como sabe muy bien inglés, es el que canta cuando no hay cantante. Y cuando viene, claro. Su padre solo tiene un hermano y no se habla con él desde el instituto. Así es que no tiene a nadie. En fin, supongo que pronto se solucionará todo. Pero, bueno, yo quería hablarte de los otros dos.

SOUL.— ¿De Ele y de Yoni?

FRAN.— Sí, del rapero y del roquero. Son buena gente, a Yoni le conozco desde que éramos niños. Vivíamos en el mismo bloque. Sus padres son un poco macarrillas, ya sabes, les gustaba el rock duro, vaqueros, cueros, trajes negros, chinchetas... Pero aunque parecen muy duros son encantadores. Y Yoni es así, algo bruto, pero un cacho de bollycao.

SOUL.— Sí, parece buen tío.

FRAN.— Lo es. Y Ele también. Ha estado conmigo en el colegio, un par de años en el instituto, en algún viaje y en unas cuantas broncas. *(Sonriendo)*. Aunque tú le conocerás más.

SOUL.— No te creas. Le he visto tres o cuatro veces. Va a clase con mi prima y hemos coincidido en algún cumpleaños. Me enteré de que buscaba una cantante por mi prima y le llamé.

FRAN.— Pues este, aunque parezca un poco pijito, también es legal. Tiene sus cosas, como todos.

SOUL.— La verdad es que... Todos parecéis muy legales.

FRAN.— ¡Eh! Sí, sí... Todos. Lo somos. Pero lo que quería decirte es que Ele y Yoni tuvieron una buena movida con Vero. Bueno, no, tuvieron una buena movida por Vero, la cantante anterior.

SOUL.— ¿Los tres?

FRAN.— Los tres. Te lo resumo, sin entrar en detalles. Salía con Yoni, pero se llevaba muy bien con Ele. Hubo mosqueos y casi llegan a pegarse.

SOUL.— ¿Yoni con Ele?

FRAN.— Y Ele con Yoni. Menos mal que Pablo y yo los calmamos un poco. Luego Pablo les echó una buena bronca, con razón.

SOUL.— ¿Pablo es como tú?

FRAN.— No, qué va. Es mucho más raro, pero el mejor amigo que he tenido nunca.

SOUL.— Se ve que le quieres mucho.

FRAN.— Bueno, a los colegas hay que quererlos y cuidarlos. Pero a lo que vamos: Yoni y Ele son dos gallitos. Cada uno, a su manera, se cree que es muy guapo, muy alto, muy listo.

SOUL.— Son majos los dos.

FRAN.— Mucho, y cuando estamos solos no hay problema, se llevan bien. Pero cuando hay una chica delante la cosa se complica.

SOUL.— ¿Una chica? ¿Yo?

FRAN.— Tú eres una chica, ¿no? A ver si estoy hablando con un hipopótamo.

SOUL.— *(Riendo).* ¡Qué tonto eres!

FRAN.— Pues eso, que les crecen los espolones y tienen que demostrar que son más guapos y más listos que el otro...

SOUL.— Rivalidad masculina.

FRAN.— Sí, claro, ¿y yo qué soy? ¿Una sardina?

SOUL.— *(Riendo).* Un poco tonto sí. Pero me encanta cómo los controlas. No te importa parecer inferior a ellos, aunque para mí no lo eres...

FRAN.— Gracias, preciosa.

SOUL.— De nada. Pero es verdad, vacilas a uno, cortas al otro, y ninguno se mosquea. Además de una manera muy Elegante, con las rimas no se ofenden.

FRAN.— Bueno, es que a mí no me ven como rival. Ya los oíste, yo soy el bocas, el bufón del grupo.

SOUL.— Pues yo no estoy tan segura de eso.

FRAN.— ¿De qué? ¿De que soy un bocas?

SOUL.— No, un poco sí eres. De lo que no estoy tan segura es de que no seas un rival para ellos.

FRAN.— *(Desconcertado).* ¿Eh? ¿Cómo?

SOUL.— *(Sonriente).* ¿Has pensado en el nombre del grupo? Yo tengo uno.

FRAN.— *(Sigue desconcertado).* Bueno, no. Sí. Sí, se me han ocurrido varios, pero todos muy tontos, así es que decidí centrarme en la letra de la canción y que el nombre lo decidáis vosotros.

SOUL.— ¿Has corregido la canción? Yo lo he intentado, pero nada, no se me ha ocurrido nada. ¿Me la dejas ver?

(Fran se levanta y rebusca en su cazadora cuando suenan unos golpes en la puerta de la izquierda. Deja la cazadora y abre la puerta. Entran Yoni con su guitarra y Ele con el bajo de Pablo riéndose y empujándose).

ELE.— Pues aprovecha tu parte y paga al tío de Fran.

YONI.— Sí, claro, mi primer sueldo para unas cocacolas. Anda ya.

SOUL.— ¡Hola, chicos! ¿Qué tal?

FRAN.— Eso digo yo. ¿Risas? ¿Sueldo? ¿De qué vais?

(Ele se dirige a Fran y se saludan como los raperos estadounidenses. Yoni besa a Soul y luego al revés).

ELE.— No os lo vais a creer. Estábamos en la puerta de la tienda de instrumentos...

YONI.— Por cierto, rimitas, el viejo truco de juntarnos fuera de aquí, a solas, es ya muy viejo.

FRAN.— Pero muy bueno por lo que veo. Se os ve más tranquilos que el otro día.

ELE.— Si es que este es bruto, pero, bueno, como un cacho de pan.

YONI.— Y este es muy pijo, pero...

FRAN.— ¿Está como un queso? Pues ya tenemos un bocata, comida barata.

YONI.— Sí, si está como un queso, será un roquefort.

FRAN.— Como un roquefort o un cabrales, los dos iguales.

SOUL.— *(A Fran)*. Yo no sé qué tendrán estos, pero en cuanto aparecen empiezas a rimar.

FRAN.— Es verdad, a rimar sin parar. ¿Estaré mal? No lo sé, me da igual.

YONI.— *(Ignorándole)*. Bueno, pues estábamos en la calle y el plasta este ha querido probar el bajo de Pablo allí mismo, lo ha sacado, ha empezado a darle a la cuerda, sin enchufar ni nada...

ELE.— Y ha pasado una señora, que debía de estar sorda, y nos ha dado un euro. Lo ha echado en la funda, que estaba en el suelo.

Yoni.— Nos ha dado la risa, pero hemos seguido tocando unos minutos...

Ele.— Y mira que sonaba mal.

Yoni.— Poco y mal, pero han caído quince euros con cuarenta céntimos.

Fran.— Pues sí que dais pena, porque tocar bien, lo que se dice tocar bien...

Soul.— Bueno, no lo hacen tan mal.

Yoni.— ¿A que te molan mis punteos?

Ele.— Pues será a la única.

Yoni.— ¿Cómo que a la única?

Fran.— *(Levantando la voz).* ¿Y si ensayamos un poco? Que me estoy volviendo loco.

Yoni.— *(Saca la guitarra y deja la funda sobre unas cajas).* ¿Y de Pablo qué sabemos?

(Suena el móvil de Fran).

Fran.— Mira qué majo, un mensaje del bajo. *(Lee la pantalla).* No he podido corregir la letra, no creo que pueda ir a ensayar, no os mosqueéis, lo siento.

ELE.— Mira qué bien, otro ensayo sin el bajo.

YONI.— Bueno, intentaré potenciar la guitarra. Pero al menos Pablo nos ha dado un nombre para el grupo. No puedo, no creo, no, no... Nos podemos llamar Los Nonos.

FRAN.— *(Algo irritado).* No tiene gracia.

ELE.— Ninguna. Ni aunque lo hubiera dicho el rimitas.

SOUL.— Bueno, venga, vamos a dejarlo. Fran, ¿me dejas la letra nueva?

(Fran rebusca en su cazadora, saca unas hojas y las reparte).

SOUL.— ¿La leo en alto?

ELE.— Sí, venga.

SOUL.—

Solo por la tarde, solo por el día,
solo en el verano o en la noche fría.
Si te crees raro,
si eres diferente,
pareces un pavo,
aunque inteligente.

"Bichos Raros"
SOLO POR LA TARDE, SOLO POR EL DÍA
SOLO EN EL VERANO O EN LA NOCHE FRÍA.
SI TE CREES RARO,
SI ERES DIFERENTE,
PARECES UN PAVO,
AUNQUE INTELIGENTE
TATUAJES
EL HUMOR
"Bichos Raros"

Todos somos pavos,
de una u otra forma.
Todos somos raros,
esto está muy claro,
esto es una norma.

Pelos de colores, dos o tres tatuajes.
¿Es que es más bonito vestirse con traje?
Todos somos pavos, pero nos queremos,
pues ninguno es más, ni tampoco menos.

Todos somos pavos,
de una u otra forma.
Todos somos raros,
esto está muy claro,
esto es una norma.

Aunque por tus pintas no seas igual,
puedes ser un pavo, un pavo real.
Los mismos problemas, los mismos disgustos,
alegrías, penas y algún que otro susto.

Todos somos pavos,
de una u otra forma.
Todos somos raros,
esto está muy claro,
esto es una norma.

Ya lo dijo alguien, creo que fue Dumas.

Lo escribió en francés, usando una pluma:
aunque te parezca, tú nunca estás solo,
todos para uno y uno para todos.
Tú nunca estás solo,
todos para uno y uno para todos.
Tú nunca estás solo,
todos para uno...
Y uno para todos.

FRAN.— Antes de la última frase «Y uno para todos» va un pequeño solo de batería en plan apoteosis que va a quedar flipante. Y no, en esta canción no caben ni solos de guitarra ni de teclados, ya habrá otras oportunidades, un poco más adelante.

SOUL.— Me gusta esa mezcla de pavos y mosqueteros. Un animal un poco tonto y alguien muy valiente.

FRAN.— ¿De verdad? Bueno, no pensaba ganar un Grammy, pero con esa opinión me vale.

YONI.— ¿Y el título?

FRAN.— *(Mira detenidamente a los otros tres y sonríe).* «Mosquetero sin mosquete».

ELE.— ¡Hala, vete!

YONI.— Cacahuete.

SOUL.— *(Sonriendo a Fran).* En esto estamos de acuerdo los tres, ese título es una chorrada.

FRAN.— Yo también, pero eso de los títulos no se me da muy bien. Igual luego le pregunto a mi tío, que sabe un montón de música.

ELE.— Pues te dirá que ha quedado muy rapera.

YONI.— ¡Pero qué dices! Ha quedado muy roquera.

FRAN.—Me dirá que ha quedado guapa, que es lo que dice cuando le gusta algo.

SOUL.— ¿Y el grupo? ¿Habéis pensado en algún nombre?

YONI.— Yo tengo uno, seguro que os mola: Rock and Yoni.

ELE.— Tú estás muy mal, incluso de la cabeza. ¿Eso es un nombre para un grupo? Para una orquesta de pueblo todavía.

YONI.— ¿Acaso tienes tú alguno mejor?

ELE.— Pues claro, el otro día no sé quién lo dijo: Cinco Punto Cero.

YONI.— *(Pensando unos segundos).* No está mal, aun viniendo de ti, pero cinco y cero tendrán que escribirse en letra y con zeta.

FRAN.— ¡Qué manía con las letras! Una ce por una zeta, alguien está majareta.

SOUL.— Yo había pensado otro nombre: Amalgama.

YONI.— ¿Almagama?

ELE.— ¿Cómo has dicho?

FRAN.— Amalgama. Ha dicho Amalgama.

ELE.— Lo hemos oído. ¿Y eso es un nombre para un grupo? Para una orquesta de pueblo todavía.

YONI.— ¿Y eso qué es?

FRAN.— Amalgama es una mezcla de cosas diferentes...

SOUL.— *(Entusiasmada).* Y eso somos nosotros, diferentes, aunque nos juntamos para tocar, nos mezclamos.

FRAN.— Es verdad, somos un conjunto de bichos raros...

ELE.— *(Eufórico, levantando la voz).* ¡Eso es! Lo tenemos.

YONI.— Vale que seamos raros, pero no hace falta alegrarse tanto por ello.

FRAN.— La verdad es que a mí Amalgama no me convence.

ELE.— El rimitas ha dado en el clavo. *(A Soul).* No te mosquees, pero Amalgama me parece un nombre un poco... Un poco...

YONI.— Dilo, no te cortes.

ELE.— Vale, un poco... Ridículo.

SOUL.— No me mosqueo, incluso ahora que lo he oído varias veces en voz alta, creo que tenéis razón. Pero los vuestros son aún peores.

ELE.— De eso no hay duda, pero Fran ha dado en el clavo.

FRAN.— Si es que esta cabeza está para algo.

YONI.— Sí, para llevar la gorra. A ver, raperillo, ¿qué ha dicho el genio que ni él mismo se ha dado cuenta?

ELE.— El nombre perfecto, el que nos define y, hasta en algún caso, nos elogia...

FRAN.— Dilo ya. Di lo que he dicho pero que ahora me callo porque no sé lo que he dicho.

SOUL.— Sí, venga, dilo.

ELE.— *(Mirando a todos de uno en uno, creando expectación)*. Bichos Raros.

(Un silencio espeso se adueña del local. Ele sonríe satisfecho, los demás piensan en el nombre).

YONI.— ¡Mmmm...! Bichos Raros.

SOUL.— Bichos Raros. Me gusta.

FRAN.— Bichos Raros, Bichos Raros... Algo así me rondaba a mí para el título de la canción.

SOUL.— Pues puede quedar muy bien, como nombre del grupo y como título de nuestro primer tema original.

FRAN.— Nuestra cantante lo ha dejado claro, ella también es un bicho raro.

(Yoni se ríe solo).

SOUL.— ¿No te gusta, Yoni?

YONI.— Sí, claro. Pero como Fran ha dicho que tú eras un bicho, yo he pensado que no, que eras una bicha, y por eso me río.

ELE.— Tiene gracia el roquero.

FRAN.— Pues mejor que no lo hayas dicho, suena peor bicha que bicho.

SOUL.— Bichos Raros. ¿Todos de acuerdo?

YONI.— Bichos Raros. Me parece bien.

ELE.— Bichos Raros. Me apunto.

FRAN.— Y yo que he sido el que lo ha dicho no voy a estar en contra ahora. Se lo voy a mandar ahora mismo a Pablo, seguro que le gusta. Él es el más raro de todos.

YONI.— *(Haciéndose el gracioso).* ¿Y Yoni y los Bichos Raros no os gusta?

ELE.— ¿Te gusta a ti?

YONI.— La verdad es que no mucho.

SOUL.— ¿Es que tú no eres un bicho raro? Todos lo somos.

FRAN.— *(Leyendo el móvil).* Pablo, que le encanta, que vendrá tarde, que empecemos sin él.

SOUL.— Pues venga, chicos. ¿Vamos con nuestro temazo?

FRAN.— Vamos, bichos raros, que ya lo tenemos claro. *(Golpea las baquetas).* Uno, dos, un, dos, tres, cuatro...

(Telón).

Escena cuarta

(Se abre el telón).

(Local de ensayo).

(Se abre la puerta derecha y entra Fran).

FRAN.— *(Cerrando la puerta).* Que sí, tío, que no te preocupes. Luego lo recogemos todo. *(Termina de cerrar la puerta y suspira, se quita la mochila y se pone a canturrear).*

Si me llevas contigo,
prometo ser ligero como la brisa...

Esto no es mío, está muy bien, lo he oído en algún sitio y no sé dónde. ¿Cómo seguía?

Y decirte al oído
secretos que harán brotar tu risa.

Demasiado bonito, pero en lo de los secretos estoy de acuerdo. Si le digo a Soul que Yoni todavía usa calzoncillos de Superman, alucina. Y si Yoni supiera que lo que más le gusta a Ele son los petitsuis, la teníamos buena. Y eso que como secretos son poca cosa.

(Fran se quita la cazadora y se sienta a la batería ajustando los platillos, regulando la banqueta y estirando brazos y cuello. Suena el móvil).

FRAN.— Sí. ¿Qué pasa, tío? En el local. No, solo. Ahora vendrán. Bueno, bueno, no te preocupes. Pero ¿estás bien? ¿Seguro? Ya. No, no. Que no, que no digo nada. Pero si pasa algo chungo, me llamas. Que me llames, ¿eh? Vale. Cuídate. *(Aprieta una tecla y se queda pensativo).* Pobre, de lío en lío hasta el lío final.

(Suenan golpes en la puerta izquierda. Fran se levanta y abre. Entra Soul y, después, a empujones, Yoni y Ele).

FRAN.— Hola, hola. Los tres juntitos, mira qué bien.

SOUL.— Me los he encontrado ahí fuera, haciendo «air guitar».

FRAN.— ¡Qué bien!

ELE.— ¿Qué pasa? *(Y saluda a Fran con sus giros raperos).*

YONI.— ¡Hola, tío! *(Intenta imitar a Ele pero se lía).*

SOUL.— *(A Fran).* ¿Has escrito algo nuevo?

FRAN.— Me hubiera gustado, pero yo soy Fran, el bocas. Mozart se murió hace mucho.

SOUL.— Bueno, bueno. Perdona.

FRAN.— No, perdona tú, pero es que acabo de hablar con Pablo y está hecho polvo. Sus padres han tenido otra bronca del siglo.

(Ninguno de los cuatro dice nada y un silencio incómodo los envuelve. Soul, para romper la

tensión, se pone a dar palmas y a tararear un tema de U2).

SOUL.— Ya me los sé todos. La verdad es que no ha sido muy difícil, me sonaban un montonazo.

YONI.— ¿Y te has aprendido nuestra canción también?

SOUL.— Pues claro...

Todos somos pavos,
de una u otra forma.
Todos somos raros,
esto está muy claro,
esto es una norma.

ELE.— Somos raros, raros. Bichos raros. *(Se sienta al teclado y toca la melodía).*

YONI.— Raros, raros. *(Puntea unas notas en su guitarra).*

FRAN.— *(Mirando hacia el sitio donde suele colocarse Pablo).* Tendremos que ensayar sin bajo. Cuando venga que intente acoplarse como pueda. El *show* debe continuar.

ELE.— Bueno, hoy podríamos ensayar una versión rapera.

YONI.— O roquera.

FRAN.— ¿Ya estáis? Hoy ensayamos como al principio, cuando la dominemos ya veremos las variaciones. ¿Tú qué dices, Soul?

SOUL.— Tus palabras son muy sensatas.

FRAN.— Y, además, os las dejo baratas. ¿Preparados? Uno, dos, un, dos, tres, cuatr…

(Justo en el último instante suena un móvil).

YONI.— *(Sacando el móvil del bolsillo).* Sí, hola. Soy yo. Sí, sí…

(Suena otro móvil).

ELE.— *(Sacando el móvil del bolsillo).* Hola. Sí. Por supuesto. ¿Cómo?

Bla, bla blA, fiesta, Bla
blA, pan, Bla, blA......
barrio, Bla......
¿qué? blA, BlA, Bl
exit...

(Suena otro móvil).

SOUL.— *(Sacando el móvil del bolsillo).* ¿Otra vez, mamá? ¿Qué quieres? Que estoy ensayando...

(Suena otro móvil).

FRAN.— *(Sacando el móvil del bolsillo).* Sí, diga...

YONI.— ¿Cuándo? ¿A qué hora?

ELE.— ¿A qué hora?

SOUL.— ¿Y yo qué sé a qué hora? Pues cuando terminemos.

FRAN.— Como no terminemos pronto esta conversación me voy a rayar...

YONI.— Pero ¿cómo me voy a rayar? Al contrario, el dinero no es lo más importante...

ELE.— Bueno, no es lo más importante pero a todo el mundo le gusta...

SOUL.— A todo el mundo le gusta tener un poco de intimidad...

Fran.— Un poco de intimidad, eso es lo que quiero. Y lo que no quiero es cambiar de compañía. Así es que no me vuelvan a llamar...

Yoni.— Pues claro, si hay algún cambio vuelva a llamar.

Ele.— Está confirmado, pero si pasa algo, vuelvo a llamar.

Soul.— Que no, que no me vuelvas a llamar.

Fran.— Adiós.

Yoni.— Hasta luego.

Ele.— Un saludo.

Soul.— Que sí, pesada, un beso.

(Los cuatro cuelgan sus móviles y se quedan en silencio. Todos esperan que sea otro el primero que hable).

Fran.— Pues menos mal que dijimos que en los ensayos tenían que estar los móviles apagados.

Yoni.— *(Quitándose la guitarra).* Pues menos mal que no hemos hecho caso.

ELE.— Eso digo yo, porque... ¿Sabéis una cosa?
YONI.— *(Gritando).* ¡Tenemos una actuación!
ELE.— *(Gritando).* ¡Una actuación!

(Yoni se lanza hacia Ele, que se levanta del teclado y da unos pasos. Los dos se abrazan en el centro de la escena, saltan, bailotean, gritan... Fran y Soul se unen al grupo y todos lo celebran como si hubiesen ganado una medalla olímpica. Acaban rodando por el suelo).

ELE.— *(Levantándose).* ¿Y tú cómo sabías lo de la actuación?
YONI.— *(Levantándose).* Eso mismo digo yo.
FRAN.— *(Levantándose).* Yo no lo sabía.
SOUL.— *(Levantándose).* Será por la cara de alegría que teníais.
YONI.— ¿Yo?
ELE.— ¿Yo?
FRAN.— A ver, a ver... ¿Estamos hablando de la misma actuación?

(Ele y Yoni se miran, dudan, se encogen de hombros).

SOUL.— No me lo puedo creer. Dos actuaciones.

FRAN.— Pues venga, contadlo.

YONI.— Me han llamado del Ayuntamiento, para tocar al aire libre, en las fiestas del barrio. Demasiado. Con escenario enorme, luces, humos... Tres temas, me han dicho, podemos tocar dos versiones y el de los bichos raros.

SOUL.— ¡Qué bueno!

YONI.— Lo único que no hay pasta, con la crisis no hay ni un euro, pero nos verá todo el mundo.

ELE.— Pues la mía sí se cotiza. Mil euros. Cinco temas y el cumpleaños feliz.

FRAN.— ¿El cumpleaños feliz?

ELE.— Sí, en la versión que queramos.

YONI.— Que puede ser una roquera.

ELE.— Por mil euros, puede ser hasta en ópera. Es una fiesta de cumpleaños de un chaval de familia de pasta y su hermana le ha dicho a su madre que conocía a alguien, a mí, con un grupo, y que sería un regalo muy original y que...

FRAN.— Y que mil euros son mil euros.

SOUL.— Pero tendremos que ensayar mucho.

FRAN.— ¿Cuándo es?

YONI.— El día quince.

ELE.— ¿Cómo lo sabes?

YONI.— No lo sé. El quince es la fiesta del barrio.

ELE.— No puede ser. El quince es el cumpleaños.

YONI.— No puede ser. Ya me he comprometido.

ELE.— No puede ser. Yo también.

SOUL.— No puede ser. Las dos el mismo día.

FRAN.— No puede ser. Ya tenemos lío.

SOUL.— Perdón. ¿A qué hora es la actuación?

YONI.— A las nueve.

ELE.— A las nueve.

FRAN.— Pero lío gordo. Soul, ¿y a ti quién te llamaba?

SOUL.— Mi madre, que comprara pan de molde. ¿Y a ti?

FRAN.— Nada, de Movifoigorange, que si quería cambiar de compañía. Pero les he dicho que no, que nuestra cantante es muy buena compañía.

ELE.— Yo ya me he comprometido.

YONI.— No, lo mío sí que es un compromiso. Lo tuyo es dinero.

ELE.— Y palabra, yo no sabía nada de tu actuación.

FRAN.— ¿A alguno le interesa cambiar de compañía?

YONI.— ¿Y qué es más importante? ¿Actuar en la calle, para la gente, o en una fiesta de niños ricos?

FRAN.— ¡Hombre! Y con mil euros que ayudan mucho a decidir.

YONI.— *(Mirando con fiereza a Fran).* Pues si lo único que cuenta aquí es el dinero, este no es mi sitio. *(Yoni coge la cazadora).*

FRAN.— Pero, tío, no seas así. Vamos a hablarlo.

(Yoni no contesta, se encamina a la puerta del bar con movimientos rápidos y bruscos).

ELE.— Le debes diez euros al tío de Fran.

(Yoni se detiene, da media vuelta y se dirige a la puerta de la izquierda. Fran le sigue como un perrito).

FRAN.— Espera un momento.

ELE.— Por lo que veo el dinero sí importa.

FRAN.— *(A Ele, gritando).* ¿Y tú te quieres callar un poquito?

ELE.— A mí no me grites, que el borde es Yoni.

YONI.— *(Se detiene antes de salir, abre la boca, pero se calla. Luego murmura).* Dinero, dinero... Que os den.

FRAN.— *(A Ele).* Y el bocas soy yo, ¿no?

(Yoni sale con Fran detrás de él).

FRAN.— *(Desde fuera).* Espera un momento, vamos a hablar.

SOUL.— La verdad es que has sido un bocas.

ELE.— ¿Y él qué? Pero ya veo. Os ponéis los dos de su parte, del guay. Está claro que el que sobra soy yo.

SOUL.— No digas chorradas. Yoni tiene sus razones.

ELE.— *(Levantándose y poniéndose la cazadora).* Y yo las mías. *(Y se dirige a la puerta derecha).*

SOUL.— ¿Dónde vas? No seas crío.

ELE.— ¿Crío yo? Yoni es muy maduro, tiene sus razones y yo soy un crío. Vale, tía, no hace falta que digas más.

(Ele sale por la puerta del bar. Soul le sigue como un perrillo).

SOUL.— *(Saliendo).* Espera, vamos a hablar, no te mosquees.

(Entra Yoni por la puerta de la izquierda, Fran detrás de él).

YONI.— ¡Que no! ¡Que me dejes!

FRAN.— Los dos tenéis razón, ha sido una casualidad.

(Cruzan el escenario y salen por la puerta de la derecha).

(Medio minuto después Ele y Soul entran por la puerta de la derecha).

ELE.— Que no es por el dinero. Yo no sabía nada de la otra actuación...

SOUL.— Pues vamos a hablarlo.

(Cruzan el escenario y salen por la puerta de la izquierda).

(Yoni y Fran entran por la puerta de la derecha).

YONI.— Es que parece que siempre tiene razón él. Yo paso. A mí el dinero me da igual.

FRAN.— *(Siguiéndole).* Bueno, igual, igual... Que le he tenido que dar yo los diez euros a mi tío.

(Yoni y Fran salen por la puerta de la izquierda).

(Treinta segundos después, Ele y Soul entran por la puerta de la izquierda).

Ele.— Si es que va de mártir. Con ese rollo de roquerillo se queda con todos. Pero luego la pasta es la pasta.

Soul.— No, si es verdad. A mí los espaguetis me encantan, pero párate un momento.

(Ele y Soul salen por la puerta de la derecha).

(Entra Fran por la puerta de la izquierda y se detiene en medio de la escena mirando a todos los lados. Entra Soul por la puerta de la derecha, como buscando a alguien).

Fran.— ¿Y Ele?

Soul.— ¿Y Yoni?

Fran.— Y yo qué sé.

Soul.— A mí se me ha despistado en un semáforo.

Fran.— ¡Vaya dos!

SOUL.— Vamos fuera a ver si los vemos.

(Soul y Fran salen por la puerta de la izquierda. Ele entra por la derecha).

ELE.— ¡Qué pesada! *(Y se agacha detrás del teclado para coger algo).*

(Yoni entra por la puerta de la izquierda, no ve a Ele).

YONI.— Este bocas es un plasta.

(Ele se levanta al oír la voz y se queda mirando a Yoni. Yoni le descubre y, en silencio, también le mira, parece que se están retando. Tras unos segundos de tensión entran Soul y Fran por la puerta de la izquierda).

FRAN.— ¡Menos mal que estáis aquí! Soul ha tenido una idea.

Soul.— Que no sé si es muy buena, pero de momento es la única.

Fran.— Dice la vocalista, que es una chica lista, que de momento nos dediquemos a ensayar, que el grupo está por encima de todo. Que llaméis cada uno a quien corresponda a ver si adelantan un poco una actuación y atrasan la otra un poquito. Y hacemos doblete, como el Atleti.

Soul.— Sí, pero poneos de acuerdo, por favor, a ver si adelantamos las dos.

Fran.— Interesante aclaración, que aquí hay mucho tontorrón.

Ele.— Fran, eres un bocas.

Yoni.— Pero un buen bocas. Y encima del Atleti.

Soul.— ¿Entonces ensayamos?

Fran.— Venga, caballeros, que no se oiga ni un pero.

(Yoni y Ele se colocan en sus puestos y ajustan sus instrumentos. Fran se sienta a la batería).

FRAN.— ¿Preparada, Soul? Bichos raros.

SOUL.— Cuando quieras.

FRAN.— Chicos, vamos allá. Uno, dos, un, dos, tres, cuat...

(Suena un móvil).

YONI.— *(Sacando su móvil del bolsillo).* Sí, hola, soy yo. Sí, sí, claro.

(Suena otro móvil).

ELE.— *(Sacando su móvil del bolsillo).* Hola, sí. Por supuesto. ¿Cómo?

(Suena otro móvil).

SOUL.— *(Sacando su móvil del bolsillo).* ¿Otra vez, mamá? ¿Qué quieres? Que estoy ensayando.

(Suena otro móvil).

FRAN.— *(Sacando su móvil del bolsillo).* Sí, diga. Otra vez. Que no. ¿Por un teléfono? Si fuera un jamón todavía. Que no, que estoy muy contento con mi compañía. *(Y le guiña un ojo a Soul).* Gracias, adiós. *(Y cuelga el móvil).*

SOUL.— Vale, integral, que no, que no se me olvida. Hasta luego. *(Y cuelga el móvil).*

ELE.— Que sí, que lo intentamos. Bueno, no hace falta, pero, vale, sí. Adiós. *(Y cuelga el móvil).*

YONI.— ¿Una hora? No lo sé, pero no creo que haya problema. Sí, si no pasa nada, quedamos en eso. Vale, un saludo. *(Y cuelga el móvil).*

FRAN.— Otro cambio de compañía.

SOUL.— Cambio de pan, ahora integral.

ELE.— Cambio de planes, que si podemos retrasar una hora la actuación: el padre del chaval viene esa noche de Berlín y llegará tarde. Nos dan mil quinientos euros.

YONI.— Cambio de horario. Que si podemos adelantar una hora la actuación. Viene el alcalde y tiene otro acto después.

FRAN.— Entonces, si no estoy tonto, una hora antes…

SOUL.— … y una hora después… Nos da tiempo.

FRAN.— *(Gritando).* ¡Doblete!

YONI.— ¡Doblete!

ELE.— ¡Doblete!

(Los cuatro se juntan en el centro del escenario y se abrazan, saltan, bailotean, gritan… Acaban rodando por el suelo).

FRAN.— *(Levantándose, a Soul).* Tú eres un poco bruja, ¿no?

SOUL.— *(Levantándose).* Bueno, era una solución.

YONI.— *(Levantándose).* La mejor solución.

ELE.— *(Levantándose).* La única solución.

FRAN.— Soul nos da la mejor solución en un momento y encima cobramos mil quinientos.

(Yoni y Ele se ríen, están a medio metro el uno del otro. Soul pone sus manos en la espalda de cada uno de ellos y los acerca hasta que se abrazan).

SOUL.— Bueno, pero habrá que ensayar un poco. No nos quedan muchos días.

FRAN.— Vamos, parejita, a sus puestos.

(Todos se preparan).

FRAN.— «Bichos raros». Venga, chicos, vamos allá. Uno, dos, un, dos, tres, cuatro...

(Telón).

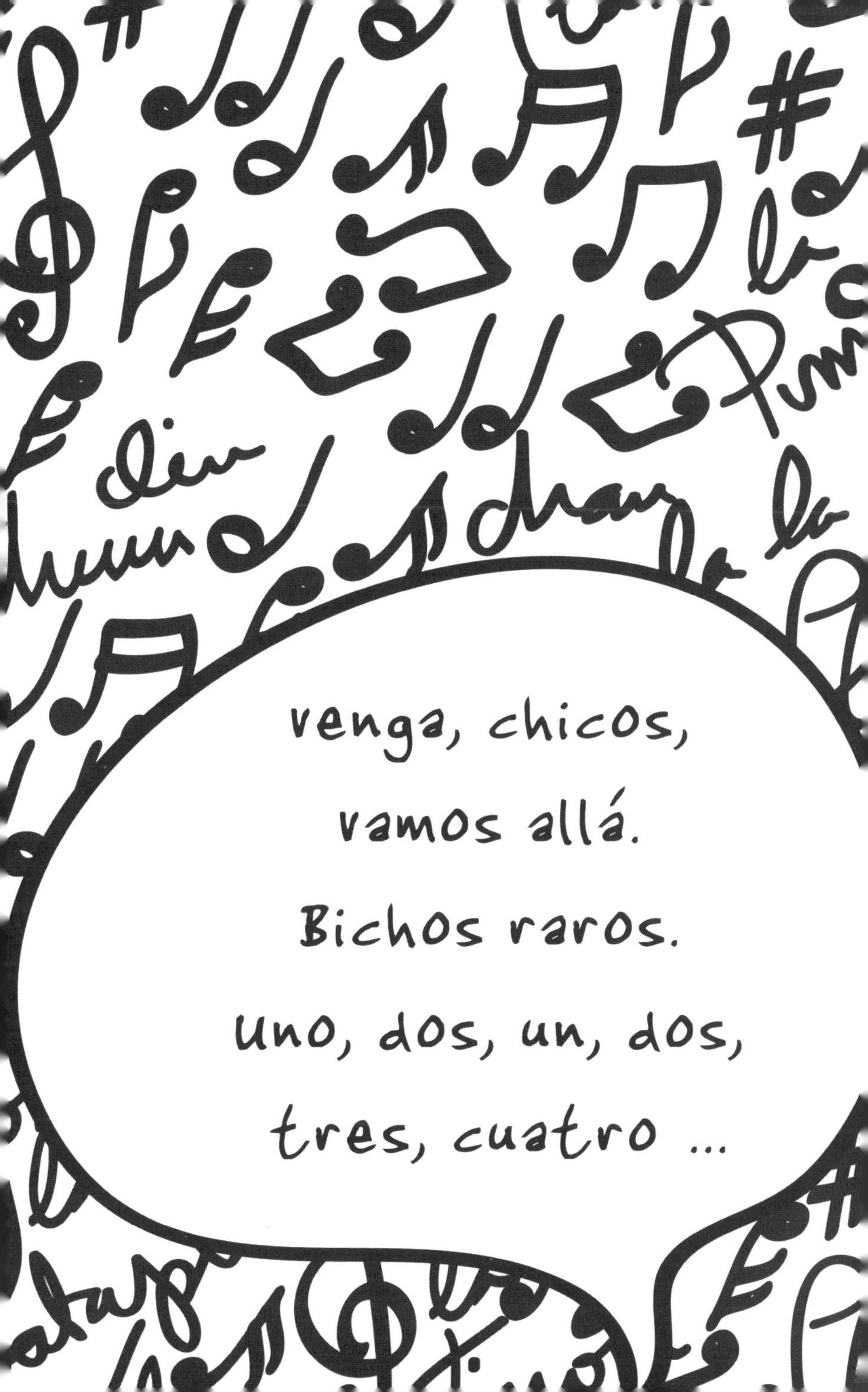
venga, chicos,
vamos allá.
Bichos raros.
uno, dos, un, dos,
tres, cuatro ...

Escena quinta

(Se abre el telón).

(Local de ensayo. Todos en sus puestos).

FRAN.— Venga, chicos, vamos allá. «Bichos raros». Uno, dos, un, dos, tres, cuatro…

(Telón).

Marcho

Escena sexta

(Se abre el telón).

(Local de ensayo. Todos en sus puestos).

FRAN.— Venga, chicos, vamos allá. «Bichos raros». Uno, dos, un, dos, tres, cuatro...

(Telón).

Marcha

Escena séptima

(Se abre el telón).

(Local de ensayo. Todos en sus puestos).

FRAN.— Venga, chicos...

YONI.— Hoy podíamos darle un toque roquero.

FRAN.— Está bien, alárgate en el punteo. Vamos allá. «Bichos raros». Uno, dos, un, dos, tres, cuatro...

(Telón).

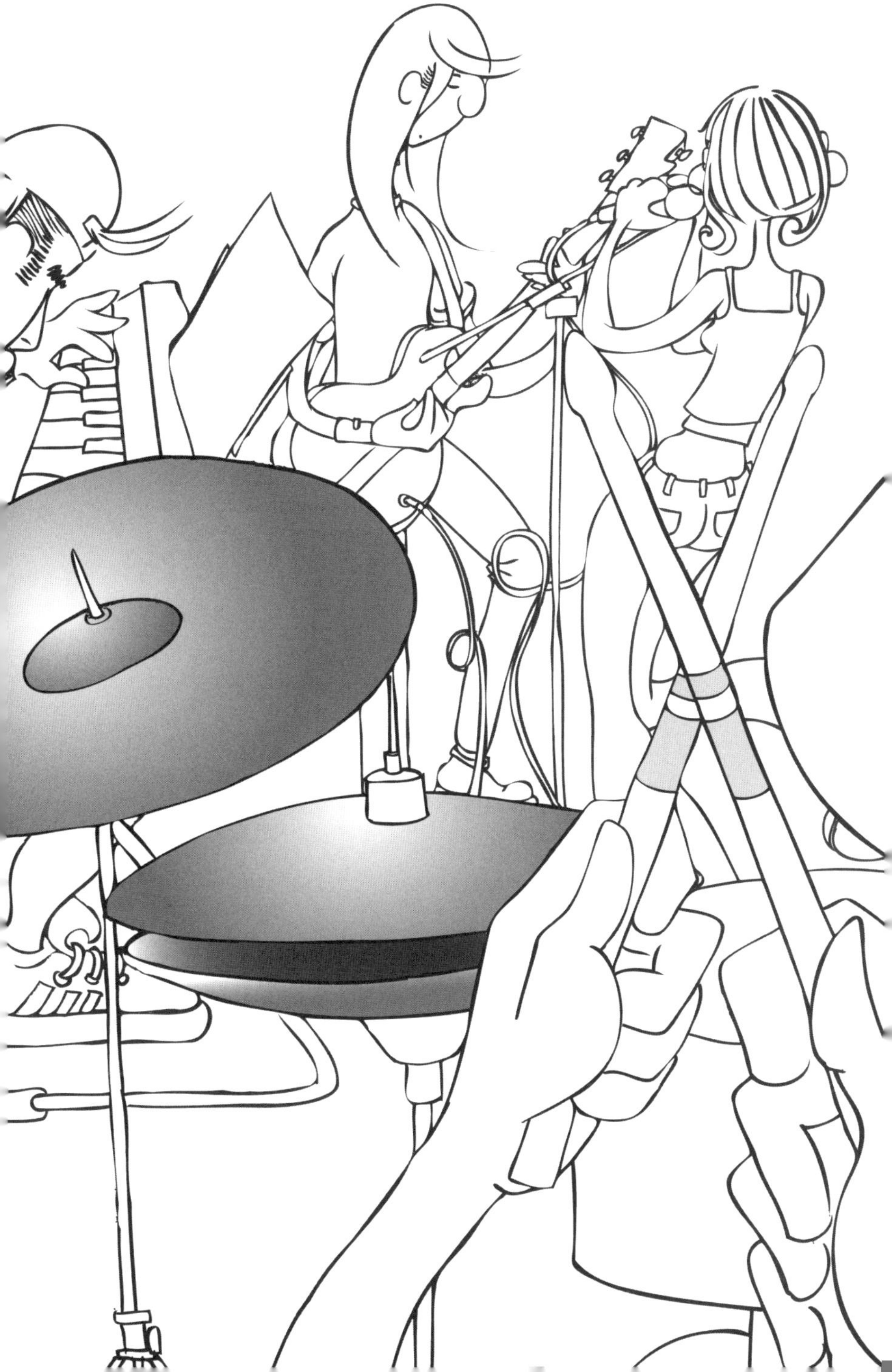

Escena octava

(Se abre el telón).

 (Local de ensayo. Todos en sus puestos).

FRAN.— Venga, chicos, vamos allá. «Bichos raros». Uno, dos, un, dos, tres, cuatro...

(Telón).

Escena novena

(Se abre el telón).

(Local de ensayo. Todos en sus puestos).

FRAN.— Venga, chicos, vamos allá. «Bichos raros». Uno, dos, un, dos, tres, cuatro...

(Telón).

Escena décima

(Se abre el telón).

(Local de ensayo. Todos en sus puestos).

FRAN.— Venga, chicos...

ELE.— ¿Y si rapeamos un poco?

SOUL.— Por mí vale.

FRAN.— Está bien, que se note ese ritmillo. Vamos allá. «Bichos raros». Uno, dos, un, dos, tres, cuatro...

(Telón).

REDHOTCHILL

Escena undécima

(Se abre el telón).

(Local de ensayo. Todos en sus puestos).

FRAN.— Venga, chicos, vamos allá. «Bichos raros». Uno, dos, un, dos, tres, cuatro…

(Telón).

Escena duodécima

(Se abre el telón).

(Local de ensayo).

FRAN.— *(Cerrando la puerta).* Que sí, tío, que no te preocupes. Ya la tenemos bien pillada. Un poco sí. A las seis nos vamos, ¿eh? *(Cierra la puerta, se quita la mochila y canturrea).*

Y por fin llegó el momento,
hasta aquí nos trajo el viento.
Y después nos comeremos
un bocata de pimiento.

(Reflexionando). Había empezado bien, pero, se me ha venido abajo. Menos mal que la canción nos quedó redonda.

13

(Fran se quita la cazadora y se sienta a la batería, realiza ejercicios de estiramiento en brazos y cuello. Suena el móvil).

FRAN.— Hola, ¿qué tal? Ya. Ya. Bueno. No, tío, cálmate un poco. Venga. ¿Quieres que vaya? ¿Cómo que no? Inténtalo. Bueno, pero si pasa algo, me avisas. Seguro, ya sabes dónde estoy. Hasta luego.

(Fran cuelga y suspira. Suenan golpes en la puerta de la izquierda. Fran se levanta y abre. Entra Ele).

ELE.— ¿Qué pasa? *(Se saludan con sus giros de raperos).*

FRAN.— Hola.

ELE.— Llegó el gran día.

FRAN.— Llegó.

ELE.— ¿Qué te pasa? ¿Estás nervioso?

FRAN.— No. Bueno, sí, un poco. No sé. Es que acabo de hablar con Pablo y el tío está hecho polvo.

ELE.— ¿No va a venir al concierto?

FRAN.— Dice que hará lo posible, pero que no sabe.

(Suenan golpes en la puerta de la izquierda. Abre Ele. Entran Soul y Yoni).

SOUL.— Hola, chicos. Hoy es el gran día. *(Besa a Ele y a Fran).*

YONI.— El gran día. *(Saluda a Ele y a Fran).* ¿Qué pasa, tío?

SOUL.— Pablo, ¿no?

FRAN.— Pablo.

ELE.— Está hecho polvo. No sabe si podrá venir a vernos.

YONI.— ¡Vaya marrón!

FRAN.— *(Sacudiendo la cabeza).* Pero, bueno, como dijo Alfredo Mercurio, el *show* debe continuar.

SOUL.— Eso es, vamos con el último ensayo.

YONI.— Sí, que para algo hemos madrugado.

SOUL.— ¿Madrugado? Pero si son las doce.

YONI.— Bueno, bueno, cada uno tiene sus horarios.

FRAN.— Pues vamos a ponernos que hay que afinar a tope.

(Todos se colocan en sus puestos).

SOUL.— ¿Versión rapera o roquera?

FRAN.— Versión original. Y concentrados. Venga, chicos. «Bichos raros». Vamos allá. Uno, dos, un, dos, tres, cuatro...

(Telón).

Escena decimotercera

(Se abre el telón).

(Local de ensayo. Todos en sus puestos).

SOUL.— *(Aplaudiendo muy alegre).* Muy bien, muy bien, chicos, ha quedado fenomenal.

YONI.— Tú sí que lo haces bien.

ELE.— Genial.

FRAN.— Bueno, bueno, después de siete veces no está mal. Y si comemos algo, ¿qué tal?

YONI.— Pues sí, que tengo las tripas revolucionadas.

ELE.— Vamos a pedir comida china.

YONI.— ¡Qué dices! Pedimos una pizza, bueno, no, mejor dos.

ELE.— ¿Pizza? ¡Vaya chorrada! Mejor comida china.

Yoni.— ¿Es que prefieres comer bambú?

Ele.— Pues mejor que queso de búfala, sí.

Soul.— Chicos, chicos, no os peleéis, podemos echarlo a suertes.

Yoni.— Vale, a cara o cruz. ¿Qué pides?

Ele.— No, a pares o nones.

Yoni.— No, a cara o cruz.

Ele.— No...

Fran.— A ver, vosotros dos, ¿no os habéis dado cuenta de que somos cuatro? ¿Soul y yo no pintamos nada?

Yoni.— Es verdad, ¿tú qué dices, Soul?

Soul.— Yo prefiero un kebab.

Fran.— ¡Toma ya! Si ya teníamos lío entre dos, ahora hay tres. ¿Cómo lo ves?

Ele.— ¿Y tú, rimitas?

Fran.— Esperad un momento.

(Fran se levanta y sale por la puerta de la derecha. Regresa al cabo de unos segundos).

FRAN.— Que si queréis unas tortillas y unos calamares.

YONI.— Vale.

ELE.— Sí.

SOUL.— Claro.

FRAN.— Y encima nos invita mi tío.

SOUL.— Pues genial.

ELE.— Colosal.

YONI.— Fenomenal.

FRAN.— Me conmovéis, mis pequeños poetas. Ni pizza, ni chinos, ni kebab, unas tortillas hacen maravillas.

SOUL.— Bueno, pero después de comer le damos el último repaso.

(Telón).

Escena decimocuarta

(Se abre el telón).

(Local de ensayo. Todos en sus puestos).

SOUL.— Sí, yo creo que ha quedado bastante bien.

YONI.— Si acaso, con un punteo mejoraría...

FRAN.— Hoy no, versión original. Y sí, ha quedado muy bien. Voy a avisar a mi tío, que traiga la furgoneta y vamos cargando.

(Suena un móvil).

SOUL.— *(Sacando el móvil del bolsillo).* Hola, mamá. Sí, un poquillo...

(Suena otro móvil).

Yoni.— *(Sacando el móvil del bolsillo).* Sí, hola, soy yo.

(Suena otro móvil).

Ele.— *(Sacando el móvil del bolsillo).* Hola, sí.

(Suena otro móvil).

Fran.— *(Sacando el móvil del bolsillo).* Hola, ¿qué tal?

Soul.— Con quien quieras, mamá. Es al aire libre. Te lo he dicho veinte veces. No, no hay nada reservado.

Yoni.— Pues claro que lo habíamos reservado, ahora no sé si vamos a poder.

Ele.— No sé si vamos a poder. Esto no se hace, y menos con tan poco tiempo. Me da igual el dinero. Y claro que me preocupo.

Fran.— Pues claro que me preocupo. Espera, ahora te llamo.

Soul.— Adiós, un beso.

YONI.— Adiós.

ELE.— Adiós.

SOUL.— Mi madre. Que si podían ir unas amigas suyas.

YONI.— *(Abatido).* Pues no lo sé. Cambio de planes. Han vuelto al horario original, el alcalde no acudirá. Nos esperan a las nueve.

ELE.— *(Abatido).* El padre del chaval ha venido esta mañana y está muy cansado. Quieren acabar pronto. Nos esperan a las nueve.

(Los tres, muy solemnes, miran a Fran, que no les ha prestado mucha atención).

FRAN.— *(Con la mirada en el suelo).* Pablo. Sus padres están en el hospital, iban discutiendo en el coche y han tenido un accidente.

SOUL.— ¿Y él cómo está?

FRAN.— Solo.

(Pasan unos segundos de silencio que parecen interminables, los cuatro están pensativos. Suenan golpes en la puerta de la derecha).

VOZ DEL TÍO.— ¿Nos vamos ya?

FRAN.— Chicos, estoy hecho un lío. *(A Yoni).* Sé que tú quieres ir a las fiestas del barrio. *(A Ele).* Y tú al cumpleaños. A mí me gustaría ir con Pablo, no quiero que esté solo. Pero somos un grupo y el *show* debe continuar y todo eso. Y no sé qué hacer. Habéis ensayado duro y tenéis un montón de ilusiones. No me gustaría fallaros.

YONI.— La verdad es que es un palo. ¿Tú qué dices, Soul?

SOUL.— *(Dubitativa).* Pues no sé...

VOZ DEL TÍO.— ¡Que se nos hace tarde!

ELE.— Soul, tú decides.

SOUL.— *(Emocionada).*

Ya lo dijo alguien, creo que fue Dumas.
Lo escribió en francés, usando una pluma:
aunque te parezca, tú nunca estás solo,
todos para uno y uno para todos.
Tú nunca estás solo.
Todos para uno y uno para todos.
Tú nunca estás solo.
Todos para uno...
y uno para todos.

(Telón).

Rafael Ordóñez

Nació en 1964 en Aguilar de Campos, un pueblecito de Valladolid, pero inmediatamente le llevaron a Madrid. Allí comenzó a leer y escribir y, más tarde, estudió Magisterio. En 1995 creó el grupo «Cháchara Cuentacuentos» y, además de su trabajo como auxiliar administrativo, se dedica a escribir relatos, poesías... y a contar cuentos.

Otras obras del autor en Loqueleo:

Canciones secretas de todas las letras (DESDE 6 AÑOS)
Canciones secretas de pares y nones (DESDE 6 AÑOS)
Animales muy normales (DESDE 6 AÑOS)
Un buen rato con cada plato (DESDE 6 AÑOS)
La estrella viajera (DESDE 6 AÑOS)
Los lunares de Renata (DESDE 6 AÑOS)
El tesoro del dragón (DESDE 8 AÑOS)
Sopa de Europa (DESDE 10 AÑOS)

Aquí acaba este libro
escrito, ilustrado, diseñado, editado, impreso
por personas que aman los libros.
Aquí acaba este libro que tú has leído,
el libro que ya eres.